Unbelievable relations and a perfect plan.

श्रीकृष्णनगर नाम एक शहर में ज्यादातर बहुत ही अमीर लोग रहते थे। उसी शहर में सम्पर्क नाम का एक लड़का रहता था।वह बहुत ही अमीर था।वह उस शहर में एक बड़े से बंगले में अकेला ही रहता था। क्योंकि उनके माता-पिता कुछ साल पहले एक एक्सीडेंट में गुजर गए थे। कुछ साल पहले तक उसके पिता के पास एक छोटा सा बिजनेस ही था। अपने पिता के एक्सीडेंट के बाद संपर्क ने अपने पिता के उस छोटे से बिजनेस को अपनी मेहनत से कुछ ही सालों में बहुत ही बड़ा बना दिया। जिसकी वजह से अब सम्पर्क बहुत ही अमीर हो गया। अब कुछ ही समय में सम्पर्क उस शहर का सबसे अमीर लड़का बन गया।इस समय उसकी उम्र केवल 26 साल ही थी।अब सम्पर्क के पास सब कुछ था। सम्पर्क ने अब उस शहर में अपना एक बहुत बड़ा आफिस बना लिया था। ज्यादातर लोग सम्पर्क की तरह ही बनना

चाहते थे। लेकिन कामयाबी के साथ अभिमान भी आ जाता है। इसलिए अब सम्पर्क को भी अभिमान आ गया था, अब सम्पर्क अपने आगे किसी को अहमियत नहीं देता था। वो यही सोचता था कि वो रुपयों से कुछ भी पाया जा सकता है। सम्पर्क सांत्वना नाम की एक अमीर लड़की को पसंद करता था और जल्दी ही सांत्वना से शादी करने वाला था। सांत्वना बहुत ही सुन्दर और मा◌ॅडर्न लड़की थी। लेकिन वो भी स्वभाव से बहुत ही घमंडी लड़की थी। सांत्वना केवल सम्पर्क से शादी करने के लिए ही इस शहर में अकेले रह रही थी जबकि उसके माता-पिता सिंगापुर में रह रहे थे।सांत्वना भी सम्पर्क से शादी करने के बाद, हमेशा के लिए सम्पर्क के साथ अपने माता-पिता के पास सिंगापुर रहने के लिए चली जाना चाहती थी। और सम्पर्क भी शादी होने के

बाद सांत्वना के साथ ही सिंगापुर में बस जाना चाहता था।

श्रीकृष्णनगर में सम्पर्क के आफिस में ही शिप्रा नाम की एक गरीब और सीधी-सादी लड़की काम करती थी।शिप्रा श्रीकृष्णनगर के पास ही किशनगढ़ नाम के एक छोटे से गांव में रहती थी। शिप्रा के पिता बचपन में ही गुजर गए थे इसलिए वह उस गांव के एक छोटे से घर में अपनी मां के साथ अकेले ही रहती थी। शिप्रा आफिस में काम करने के अलावा अपनी मां का भी बहुत ख्याल रखती थी। शिप्रा मन ही मन सम्पर्क को पसंद करती थी। वह हर रोज किशनगढ़ से श्रीकृष्णनगर सम्पर्क के आफिस में काम करने के लिए आया-जाया करती थी। वो घर जाकर अपनी मां से हमेशा सम्पर्क की बातें ही किया करती थी।ये बात शिप्रा की मां अच्छी तरह से समझ गई थी कि शिप्रा सम्पर्क को बहुत

पसंद करती है। लेकिन वहीं सम्पर्क ये तक नहीं जानता था कि शिप्रा नाम की कोई लड़की उसके आफिस में काम भी करती है। उसने शिप्रा पर कभी ध्यान तक नहीं दिया था, लेकिन शिप्रा सम्पर्क को रोज ही चुपके-चुपके से देखा करती थी। इसी तरह कुछ दिन बीत जाते हैं।

एक दिन सम्पर्क आफिस के सभी लोगों को बात करने के लिए बुलाता है। तभी थोड़ी देर बाद सम्पर्क आफिस के सभी लोगों के सामने आता है।

सम्पर्क-" कल सुबह 9 बजे मैं सात्वना से शादी करने वाला हूं और शादी के बाद मैं सात्वना के साथ हमेशा

के लिए इस शहर को छोड़कर सिंगापुर जाने वाला हूं। लेकिन आप लोगों को कोई

भी परेशानी नहीं होगी, कभी-कभार मैं यहां आता रहूंगा। इसलिए आप सभी लोगों को कल सुबह 9 बजे मेरी शादी में शामिल होने के लिए मेरे बंगले पर आना है।

ये कहकर सम्पर्क वहां से चला जाता है। उसके बाद आफिस के सभी लोग अपने-अपने घर चले जाते हैं।

शिप्रा अपने घर आने के बाद

शिप्रा-"मां कल सुबह मैं आफिस जाने की जगह सम्पर्क सर के बंगले पर जाऊंगी। इसलिए मां मैं सोने जा रही हूं।"

शिप्रा की मां-" क्या बात है शिप्रा।"

शिप्रा-" कोई बात नहीं मां। कल सुबह 9 बजे सम्पर्क सर सांत्वना मैम से शादी करने वाले हैं। इसलिए उन्होंने आफिस के सभी लोगों को कल सुबह 9 बजे अपनी शादी में शामिल होने के लिए अपने बंगले पर बुलाया है।"

शिप्रा की मां-" शिप्रा, इस बात से तुम तो बहुत दुखी होगी।"

शिप्रा-" मां, मेरे दुखी होने या न होने से क्या फर्क पड़ता है। मां तुम मेरे बारे में सोचकर बेकार में ही परेशान हो रही हो। सम्पर्क सर के लायक तो केवल सांत्वना मैम ही हैं। सांत्वना मैम बहुत ही अमीर और माडर्न हैं। और शादी के बाद तो सम्पर्क सर उनके साथ हमेशा के लिए विदेश में रहने वाले हैं। सांत्वना मैम के सामने मैं तो कुछ भी नहीं हूं। और सम्पर्क

सर मेरे बारे में ये तक नहीं जानते कि मैं उनके आफिस में ही काम करती हूं। मां ये सब बातें छोड़ो। मुझे कल सुबह जल्दी उठकर सम्पर्क सर के बंगले पर जाना है इसलिए मैं सोने जा रही हूं।"

शिप्रा की मां-" ठीक है जाओ।"

तभी शिप्रा सोने चली जाती है।

अगले दिन सुबह शिप्रा सम्पर्क के बंगले पर जाने के लिए निकल जाती है। कुछ ही देर बाद शिप्रा सम्पर्क के बंगले पर पहुंच जाती है। तभी शिप्रा देखती है कि आफिस के सभी लोग वहां पर पहुंच चुके हैं। वहां पहुंचकर शिप्रा सम्पर्क का बंगला काफी गौर से देख रही होती है। सम्पर्क का बंगला बहुत ही बड़ा था। शिप्रा ने इतना बड़ा बंगला पहले कभी नहीं देखा था।

अब 9 बजने ही वाले थे। सम्पर्क और सांत्वना शादी के लिए एकदम तैयार थे। तभी सम्पर्क के मोबाइल पर एक कॉल आती है। वो एकदम हैरान हो जाता है। सम्पर्क-" क्या??? ऐसा कैसे हो सकता है?"

सांत्वना-" सम्पर्क क्या नहीं हो सकता???"

सम्पर्क-" सांत्वना, दरअसल मैंने एक बहुत बड़ी डील पर अपना सब कुछ लगा दिया था। क्योंकि शादी के बाद मैं तुम्हारे साथ सिंगापुर जाने वाला था। और अगर ये डील अच्छे से पूरी हो जाती, तो मुझे बहुत ज्यादा फायदा होता। लेकिन पता नहीं कैसे वो डील फैल हो गई। इस डील के फैल हो जाने की बजह से अब मेरे पास कुछ भी नहीं बचा है। कुछ ही दिनों में मेरा

सब कुछ नीलाम हो जायेगा। यहां तक कि मेरा बंगला भी नीलाम हो जाएगा।

भले ही मेरे साथ बहुत बुरा हुआ हो। लेकिन एक बात मेरे साथ बहुत अच्छी हुई है कि तुम मेरे साथ हो और आज तुम्हारे साथ मेरी शादी हो रही है।"

तभी 9 बजे जाते हैं,

सम्पर्क-" अब 9 भी बज गए ।चलो सात्वना अब हम दोनों शादी कर लेते हैं।"

सात्वना-"साॅरी, सम्पर्क अब मैं तुमसे शादी नहीं कर सकती।"

सम्पर्क-", ये तुम क्या कह रही हो। सात्वना मजाक बन्द करो और अब चलो।"

सात्वना-" सम्पर्क, मैं मजाक नहीं कर रही हूं।"

सम्पर्क-" सात्वना ऐसी क्या बात हो गई, जो तुम ये सब बोल रही हो।"

सात्वना-" ठीक है तो सुनो। जब तुम्हारे माता-पिता गुजर गए थे। तो मेरे पापा ने तुमसे शादी करने से मना कर दिया था। उसके बाद भी मैंने तुम्हारी मेहनत की बजह से अपने पापा को तुमसे शादी करने के लिए मना लिया था। और केवल तुमसे शादी करने के लिए ही मैं अपने पापा से दूर इस शहर में अकेली रह रही थी। लेकिन आज तुम्हारे पास कुछ भी नहीं बचा है।अब अगर मैं तुमसे शादी करती भी हूं, तो मेरे मम्मी पापा यही सोचेंगे कि उनकी बेटी एक भिखारी लड़के से शादी

करने के लिए इस शहर में अकेली रुकी थी। और जो भी उस लड़के के बारे में उनकी बेटी ने उन्हें बताया था वो सब कुछ झूठ था। मैं नहीं चाहती कि वो ऐसा कुछ भी सोचें। और मैं अब तुम्हारे साथ गरीबी में रह भी नहीं सकती।"

सम्पर्क-" सांत्वना तुम्हें अपने मम्मी-पापा से झूठ बोलने की कोई जरूरत नहीं। मैं फिर से बहुत सारे रूपए कमाऊंगा। लेकिन तुम मुझे छोड़कर मत जाओ।"

सांत्वना-" सम्पर्क सच तो ये है कि अब मैं तुमसे शादी करना ही नहीं चाहती हूं।"

सम्पर्क-" सांत्वना ये तुम क्या कह रही हो। क्या अब तुम मुझसे प्यार नहीं करती।"

सात्वना-" ये प्यार-मोहब्बत सब फालतू की बातें हैं। मैं हमेशा से एक बहुत ही अमीर लड़के से शादी करना चाहती थी।जो मेरी सारी ख्वाहिशें पूरी कर सके। लेकिन अब तुम तो अमीर रहे नहीं। ये सब जानते हुए भी अब तुमसे शादी करना मेरी सबसे बड़ी बेबकूफी होगी। अब तुमसे मेरी जैसी लड़की तो क्या कोई भी लड़की शादी नहीं करना चाहेगी।"

तभी शिप्रा सात्वना के पास आती है।

शिप्रा-" सांत्वना मैम, मैं सम्पर्क सर से शादी करना चाहती हूं।"

सांत्वना-" कौन हो तुम??? और ये तुम क्या कह रही हो। क्या तुमने ठीक से सुना नहीं कि तुम्हारे सम्पर्क सर के पास अब कुछ भी नहीं बचा है।"

शिप्रा-" सांत्वना मैम, मैंने सब कुछ ठीक से सुना भी है और मैं सम्पर्क सर को बहुत अच्छी तरह से जानती हूं इसलिए मैं सम्पर्क सर से शादी करना चाहती हूं।"

सात्वना-" अब तो सम्पर्क के पास कुछ भी नहीं बचा है तो तुम क्यों सम्पर्क से शादी करना चाहती हो??"

शिप्रा-" सांत्वना मैम, क्योंकि मैं सम्पर्क सर से बहुत प्यार करती हूं और आपकी तरह उनके रूपयों से प्यार नहीं करती हूं।"

सात्वना-" ये प्यार-मोहब्बत सब फालतू की बातें हैं। अब सम्पर्क तुम्हारी कोई भी ख्वाहिश पूरी नहीं कर पायेगा।"

शिप्रा-" सांत्वना मैम, पहले मैं समझती थी कि आप ही सम्पर्क सर के सबसे लायक हैं। लेकिन मैं गलत सोचती थी। आपका लगाव तो सम्पर्क सर के रूपयों से था। और प्यार का मतलब केवल अपनी खुशियों के बारे में सोचना नहीं होता।आप जैसी लड़कियां शादी से पहले अमीरी-गरीबी देखती है। लेकिन मेरे जैसी लड़कियों को इस बात से कोई फर्क नहीं पड़ता। मैं सम्पर्क सर का साथ किसी भी हालात में नहीं छोड़ूंगी।"

सांत्वना-" ठीक है मैं भी देखती हूं। कि तुम सम्पर्क का साथ कब तक देती हो। अब मैं कुछ महीनों तक इसी शहर में रूकूंगी, और देखूंगी।"

शिप्रा-" ठीक है आप देख लेना।"

ये सुनकर सात्वना वहां से चली जाती है।

तभी शिप्रा सम्पर्क के पास आती है।

सम्पर्क-" कौन हो तुम?? और तुम मुझसे शादी क्यों करना चाहती हो?? मैं तो तुम्हें जानता तक नहीं हूं।"

शिप्रा-" सम्पर्क सर मेरा नाम शिप्रा है। मैं आपके आफिस में ही एक छोटा सा काम करती थी। इसलिए शायद आप मुझे नहीं जानते। लेकिन मैं आपको रोज ही देखा करती थी। मैं कई सालों से आपसे बहुत प्यार करती हूं। सम्पर्क सर चाहें अभी आपके पास कुछ हो या न हो, इस बात से मुझे कोई फर्क नहीं पड़ता।"

सम्पर्क-" शिप्रा, अब मैं तुम्हारा बा◌ॅस नहीं रहा इसलिए अब तुम मुझे सम्पर्क सर नहीं बल्कि मेरे नाम से ही बुलाया करो।"

शिप्रा-" सम्पर्क सर, मैं आपकी ये बात नहीं मान सकती। मैं पहले भी आपको सम्पर्क सर बोला करती थी और आज भी आप मेरे लिए सम्पर्क सर ही हो। और आप मुझसे ये सब फिर कभी नहीं कहोगे।

सम्पर्क-" ठीक है शिप्रा।"

शिप्रा-" सम्पर्क सर, मैं आपसे एक बात और कहना चाहती हूं।"

सम्पर्क अब बदल चुका था।

सम्पर्क-" ठीक है, शिप्रा कहो जो भी कहना चाहती हो।"

शिप्रा-" सम्पर्क सर, अगर मैं आपको पसन्द हूं। और अगर आपकी मर्जी होगी तभी मैं आपसे शादी करूंगी। ये जरूरी नहीं कि आपको मुझसे शादी करनी ही पड़े। मैंने केवल सांत्वना मैम को जवाब देने के लिए शादी करने के लिए कहा था। लेकिन मैं आपको बहुत पहले से प्यार करती हूं, ये बात झूठ नहीं है।"

सम्पर्क-" शिप्रा, अगर आज मैंने सांत्वना से शादी कर ली होती तो मुझसे बहुत बड़ी गलती हो जाती। मुझे तो तुम्हारी जैसी किसी लड़की से शादी करनी चाहिए। तुमसे शादी न करके मैं जानबूझकर गलती नहीं करना चाहता हूं। रही बात पसंद की तो तुम मुझे बहुत पसंद हो।

अगर तुम्हें कोई परेशानी न हो तो मैं तुमसे अभी शादी करना चाहता हूं।"

शिप्रा-" सम्पर्क सर आपसे शादी करने के बाद ,आज का दिन मेरे लिए बहुत खास हो जायेगा।"

सम्पर्क-" लेकिन शिप्रा, शादी के बाद हम रहेंगे कहां पर। अब मेरे पास तो रहने के लिए घर भी नहीं बचा है।"

शिप्रा-" सम्पर्क सर आप इस बात की फिक्र आप मत कीजिए। शादी के बाद आप मेरे साथ मेरे घर पर रहने के लिए किशनगढ़ चलेंगे।"

सम्पर्क-" मैं वहां कैसे रह सकता हूं।"

शिप्रा-" सम्पर्क सर आपसे शादी करने के बाद वो घर केवल मेरा नहीं रहा बल्कि आपका भी तो हुआ ना।इसलिए आप आज से हमारे साथ ही रहोगे। वहां पर आप, मैं और मेरी मां हम तीनों एक साथ रहेंगे। लेकिन सम्पर्क सर मेरा घर तो बहुत छोटा है उसमें आप यह तो पायेंगे न।"

सम्पर्क-" शिप्रा अगर तुम उस घर में रह सकती हो तो मैं क्यों नहीं रह सकता।"

कुछ ही देर बाद वहां पर सम्पर्क शिप्रा से शादी कर लेता है। शादी के बाद शिप्रा सम्पर्क को लेकर किशनगढ़ में अपने घर के लिए निकल जाती है। किशनगढ़ में अपने घर पहुंचकर शिप्रा अपनी मां को पूरी बात बताती है।

शिप्रा की मां-" शिप्रा ये तुमने बिल्कुल सही किया जो तुम शादी के बाद सम्पर्क बेटा को यहां पर ले आईं। सम्पर्क बेटा तुम भी शिप्रा की तरह ही मेरे बेटे जैसे ही हुए। इसलिए अब से ये तुम्हारा घर ही है।

शिप्रा मुझे तुम्हें एक बात बतानी है।"

शिप्रा-" बोलिए मां।"

शिप्रा की मां" शिप्रा मैं कल कुछ महीनों के लिए घूमने जाना चाहती हूं और तुम मुझे रोकोगी नहीं।"

शिप्रा-" ठीक है मां।"

अगले दिन सुबह शिप्रा की मां चलीं जाती हैं।

शिप्रा-" सम्पर्क सर, क्या मैं कल से दूसरी नौकरी ढूंढने के लिए जा सकती हूं।"

सम्पर्क-" शिप्रा, इसमें तुम्हें मुझसे पूछने की क्या जरूरत है। तुम्हें जो भी सही लगे तुम वो करो। मैं हमेशा तुम्हारे साथ हूं।"

अगले ही दिन सुबह शिप्रा तैयार होकर दूसरी नौकरी ढूंढने के लिए चली जाती है। उसी दिन शाम के समय शिप्रा जब घर लौटकर आती है।

सम्पर्क-" क्या हुआ शिप्रा। नौकरी मिल गई क्या??"

शिप्रा-" हां सम्पर्क सर, आज मैं बहुत खुश हूं।आज मुझे एक कंपनी में बहुत ही अच्छी

नौकरी मिल गई। और कल से मैं रोज सुबह 9 बजे नौकरी पर जाया करूंगी।"

सम्पर्क-" शिप्रा, ये तो बहुत ही अच्छी खबर है। शिप्रा मैं सोच रहा था कि कल से मैं भी कोई नौकरी ढूंढने के लिए तुम्हारे साथ ही चलूं। क्योंकि अकेले घर पर बैठे-बैठे मैं बोर हो जाता हूं।"

शिप्रा-" सम्पर्क सर मैं नौकरी कर तो रही हूं, फिर आपको नौकरी ढूंढने की क्या जरूरत है।"

सम्पर्क-" शिप्रा वो तो ठीक है। लेकिन तुम अकेले ही काम करोगी और मैं घर पर बैठा ही रहूं ये मुझे बिलकुल भी अच्छा नहीं लगेगा। और मेरे होते हुए तुम अकेले ही काम करो ये मैं देख भी नहीं

सकता।अगर तुम्हें मेरी फिक्र है तो तुम मुझे रोकोगी नहीं।"

शिप्रा-" अच्छा ठीक है सम्पर्क सर। जिस काम को करने से आपको खुशी मिले उस काम को करने से मैं आपको बिलकुल भी नहीं रोकूंगी। सम्पर्क सर अब मैं सोने जा रही हूं। कल मेरा पहला दिन है। इसलिए मैं लेट बिल्कुल भी नहीं होना चाहती।"

सम्पर्क-" ठीक है शिप्रा तो मैं भी सोने जाता हूं।"

अगले दिन सुबह,

शिप्रा नौकरी पर जाने के लिए तैयार हो रही होती है। तभी सम्पर्क भी तैयार होने लगता है।

सम्पर्क-" शिप्रा, मैं भी तुम्हारे साथ ही चलता हूं।

शिप्रा-" सम्पर्क सर आपने नौकरी करने की सोच लिया है। सम्पर्क सर अगर मैं आपसे एक बात कहूंगी तो आप मेरी बात मानेंगे।"

सम्पर्क-" शिप्रा, मैं तुम्हारी अकेले काम करने के अलावा हर बात मानूंगा।"

शिप्रा-" सम्पर्क सर आप नौकरी करने की बजाय कोई नया बिजनेस शुरू कर लीजिए। नौकरी मैं करूंगी और बिजनेस आप करना।"

सम्पर्क-" शिप्रा, मैंने अपना सब कुछ और अपने सारे रूपए अपनी उस बिजनेस डील पर लगा दिए थे ,जो फैल हो गई थी । जिसकी वजह से अब मेरे पास कोई दूसरा बिजनेस शुरू करने के लिए बिल्कुल भी रुपए नहीं बचे हैं। इसलिए मुझे नौकरी करनी ही पड़ेगी ।"

शिप्र-" सम्पर्क सर आप थोड़ी देर रूकिए मैं अभी आती हूं।"

ये कहकर शिप्रा घर के अंदर एक कमरे में चली जाती है। थोड़ी देर बाद शिप्रा सम्पर्क के पास आती है।

शिप्रा-" सर ये लीजिए कुछ गहनें। इनको बेचकर आप अपना नया बिजनेस शुरू कर लीजिएगा।"

सम्पर्क-" शिप्रा, मैं इन गहनों को अपना नया बिजनेस शुरू करने के लिए कैसे बेंच सकता हूं। इन गहनों को तो तुम्हारी मां ने तुम्हारे लिए बहुत उम्मीदों से बनवाये होगें। शिप्रा रखो इन्हें। ये मुझसे नहीं होगा।"

शिप्रा-" सम्पर्क सर ये गहनें को तो बुरे समय पर काम आने के लिए ही बनवाये जाते है। और शादी के बाद आपकी हर परेशानी मेरी भी तो हुई। और अगर ये गहनें आपके काम आ जाते हैं, तो मैं समझ लूंगी कि ये गहनें मेरे भी काम आ गए। अगर आपको मेरी थोड़ी सी भी फिक्र है । तो आप इन गहनों को लेने में ज्यादा नहीं सोचेगे और सम्पर्क सर आपका नया बिजनेस के चलने के बाद मैं आपसे बहुत सारे गहनें भी तो लूंगी।"

सम्पर्क-" ठीक है शिप्रा! मैं इन गहनों को जरूर लूंगा । लेकिन तुम्हें मेरी एक शर्त माननी पड़ेगी।"

शिप्रा-" ठीक है सम्पर्क सर! बताइए क्या शर्त है आपकी।"

सम्पर्क-" शिप्रा, मैं इन गहनों को तभी लूंगा। जब तुम मुझे कभी भी सम्पर्क सर कहकर नहीं बुलाया करोगी। अगर तुम मुझे मेरे नाम से बुलाया करोगी तो मुझे ज्यादा अच्छा लगेगा। जब तुम मुझे सम्पर्क सर कहकर बुलाती हो तो मुझे अच्छा नहीं लगता है।"

शिप्रा-"ठीक है, अब से मैं आपको सम्पर्क सर कहकर नहीं बुलाया करूंगी।अब तो आप इन गहनों को लेंगे ना।"

सम्पर्क-" शिप्रा, अब मैं इन गहनों को खुशी-खुशी ले लूंगा।"

शिप्रा-" अब से मैं आपको सम्पर्क जी कहूंगी। अब तो ठीक है।"

सम्पर्क-" हां अब ठीक है।"

उसके बाद सम्पर्क और शिप्रा घर से बाहर निकल ही रहे होते हैं। तभी घर के अन्दर कोई पत्थर फेंकता है। शिप्रा उस पत्थर को उठाती है। उस पत्थर पर एक लैटर लिपटा हुआ होता है।

सम्पर्क-" शिप्रा पढ़ो तो इसे। क्या लिखा है इस लैटर में।"

शिप्रा-" सम्पर्क जी इसमें बस इतना ही लिखा है कि आज शाम 4 बजे मुझे और आपको आपके श्रीकृष्ण नगर वाले आफिस में किसी सिया मैम से मिलने जाना है। आना ज़रूर।"

शिप्रा-" सम्पर्क जी, आपसे एक बात पूछूं??"

सम्पर्क-" शिप्रा, तुम मुझसे कोई भी बात पूंछ सकती हो।"

शिप्रा-" सम्पर्क जी, ये सिया मैम कौन है।

मैं तो सिया मैम को जानती नहीं। क्या आप सिया मैम को जानते हैं??"

सम्पर्क-" हां मैं जानता हूं कि सिया कौन है??"

शिप्रा-" सम्पर्क जी बताइए कि ये सिया मैम कौन हैं??"

सम्पर्क-"शिप्रा, सिया मेरी बड़ी बहन का नाम है। वो मुझसे केवल तीन साल ही बड़ी थी। फिर भी सिया ने मुझे कभी भी मेरे माता-पिता के गुजर जाने का एहसास नहीं होने दिया। वो भले ही मुझसे बड़ी थी। लेकिन हम दोनों कभी एक दूसरे से कोई भी बात नहीं छिपाते थे। सिया मेरी बड़ी बहन ही नहीं बल्कि मेरी दोस्त भी थी। हम दोनों बहन-भाई के बीच कभी भी कोई नहीं आ सकता था। लेकिन मैं शायद गलत था। फिर एक दिन मुझे पता चला कि सिया किसी शल्य नाम के एक लड़के को पसंद करने लगी। मैं उस लड़के को

बिल्कुल भी पसंद नहीं करता था। मैंने सिया को उस लड़के से दूर रहने के लिए बहुत समझाया। कुछ दिनों बाद ही मुझे पता चला कि सिया ने मुझे कुछ बताये बिना ही उस लड़के से शादी कर ली है। शादी करने के बाद सिया मेरे पास आईं। सिया ने मुझसे बात करने की कोशिश की। लेकिन मैं उस समय सिया से बहुत ज्यादा नाराज था और सिया की शक्ल देखना भी नहीं चाहता था। उसके बाद सिया उसी दिन उस लड़के के साथ हमेशा के लिए लंदन चली गई। वहां पहुंचकर सिया ने मुझसे कई बार बात करने की कोशिश की लेकिन अब मैं सिया से कोई भी बात नहीं करना चाहता था। धीरे-धीरे सिया की का◌ॅल आनी भी बन्द हो गई। मैंने सिया के बारे में सांत्वना या किसी को कभी कुछ नहीं बताया। लेकिन आज तुम्हारे पूछने पर मैं मना नहीं कर पाया। मैं आज भी सिया से बिल्कुल भी बात नहीं

करना चाहता। लेकिन आज इतने समय बाद सिया मुझसे पता नहीं क्यों मिलना चाहती है।"

शिप्रा-" सम्पर्क जी, मुझे लगता है कि सिया बहन को हमसे कोई जरुरी बात करनी होगी इसलिए उन्होंने हम दोनों को आज शाम को बुलाया है।"

सम्पर्क-" शिप्रा, चाहें कोई भी बात हो। लेकिन मैं सिया से बिल्कुल भी मिलना नहीं चाहता। इसलिए तुम अकेले ही सिया से मिलने चली जाना।"

शिप्रा-" सम्पर्क जी आप केवल मेरे लिए ही सिया बहन से मिलने चलिए।"

सम्पर्क-" ठीक है शिप्रा, मैं आज आखिरी बार तुम्हारे लिए शिप्रा से मिलने चलूंगा। लेकिन केवल आखिरी बार।"

शिप्रा-" ठीक है, सम्पर्क जी। अभी तो 9 बजे है शाम 4 बजने में तो बहुत समय है। तब तक मैं भी आफिस हो आती हूं।आज शाम 4 बजे मैं आफिस से सीधे आपके श्रीकृष्णनगर वाले आफिस में ही पहुंच जाऊंगी।आप भी शाम 4 बजे वहीं पहुंच जाना।"

सम्पर्क-" ठीक है शिप्रा। तुम जाओ। मैं शाम 4 बजे तक वहां पर पहुंच जाऊंगा।"

उसी दिन शाम 4 बजे सम्पर्क और शिप्रा श्रीकृष्णनगर वाले आफिस में पहुंच जाते हैं। सम्पर्क और शिप्रा आफिस के अन्दर जाते हैं ,सिया वहां पर पहले से मौजूद थी

और सिया के अलावा उस पूरे आफिस में कोई भी नहीं था।

सम्पर्क-" हमें तुमने यहां पर क्यों बुलाया है अब तुम क्या करना चाहती हो।"

सिया-" सम्पर्क, मैं यहां पर कुछ करने के लिए नहीं आईं हूं। बल्कि मैंने तुम्हें यहां पर कुछ बताने के लिए बुलाया है।"

सम्पर्क-" सिया, मैं तुम्हारी कोई भी बात सुनना नहीं चाहता हूं।"

शिप्रा-" सम्पर्क जी, सुन तो लीजिए कि सिया बहन क्या बात कहना चाहती हैं।"

सम्पर्क-" ठीक है बोलो।"

सिया-" आज़ से कुछ महीने पहले, लंदन जाने के बाद मैंने तुमसे कई बार का◌ॅल करके बात करने की कोशिश की लेकिन तुमने मेरी का◌ॅल उठानी ही बन्द कर दी। फिर मैंने शल्य से बात की तो शल्य ने मुझसे कहा कि सिया अब से सम्पर्क का ख्याल रखना तुम्हारी ही नहीं बल्कि मेरी भी जिम्मेदारी है। इसलिए अब तुम चिंता मत करो। मैं श्रीकृष्णनगर में एक बहुत अच्छे प्राइवेट डिटेक्टिव को जानता हूं। मैं उससे बात कर लूंगा वो हमें सम्पर्क के बारे में हर बात बताता रहेगा।

उसके बाद मैंने तुम्हें का◌ॅल करनी बन्द कर दी। मुझे तुम्हारी हर बात के बारे में पता चलने लगा। कुछ दिनों बाद मुझे पता चला कि तुम सांत्वना नाम की एक लड़की से प्यार करने लगे हो और तुम जल्दी ही

सात्वना से शादी करने वाले हो।तब मैंने सांत्वना के बारे में पता लगवाया, तो मुझे पता चला कि सात्वना बहुत ही लालची लड़की है और तुमसे नहीं बल्कि तुम्हारे रूपयों से प्यार करती है। और वो तुमसे शादी केवल तुम्हारे रूपयों के लिए ही कर रही है। मैं इस शादी को रोकना चाहती थी और तुम्हारे सामने सात्वना की सच्चाई भी लाना चाहती थी। अगर मैं तुमसे सात्वना के बारे में कुछ भी कहती तो तुम कभी भी मेरी बात पर भरोसा नहीं करते। तभी मैंने शल्य से इस शादी को जल्द ही रोकने के लिए कहा। उसके बाद शल्य ने तुमसे एक बहुत बड़ी डील करवाईए उस डील में तुमसे तुम्हारा सब कुछ लगवाया। वो पूरी डील झूठी थी, लेकिन तुम्हारे सामने उसे सचमुच की डील दिखाई गई। फिर मैं शल्य के साथ अगले ही दिन लन्दन से श्रीकृष्णनगर आ गई। मैं चाहती थी कि सात्वना अपनी सच्चाई तुम्हारे सामने खुद

बताए तो उस समय मैं भी वहां पर मौजूद हूं। इसलिए मैं और शल्य छिपकर लन्दन से सीधे तुम्हारे बंगले पर ही आ गये। तुम्हारी शादी कुछ ही देर में सात्वना से होने वाली थी। तभी हमारे कहने पर तुम्हें एक का◌ॅल आईं।उस का◌ॅल के बाद तुम्हारे सामने सात्वना की पूरी सच्चाई आ गई। कुछ ही देर बाद हम तुम्हें तुम्हारा सब कुछ लौटाने वाले ही थे। लेकिन तभी शिप्रा नाम की लड़की तुमसे शादी करने के लिए तैयार हो गई। शादी करने से पहले शिप्रा ने तुमसे कहा कि वो किसी भी हालत में तुम्हारा साथ नहीं छोड़ेगी। शिप्रा की ये बात सुनकर हमने तुम्हें कुछ दिनों तक तुम्हारा कुछ भी ना लौटाने का फैसला किया। पहले मैं शिप्रा के बारे में सब कुछ पता लगाना चाहती थी। फिर हमने उसी प्राइवेट डिटेक्टिव से शिप्रा के बारे में सब कुछ पता लगाने के लिए कहा लेकिन शिप्रा के बारे में कुछ खास पता

नहीं चला। अब हम भी जानना चाहते थे कि कहीं शिप्रा भी सांत्वना की तरह नाटक तो नहीं कर रही है। इसलिए हम शिप्रा पर हर पल नजर रखने लगे। तभी हमें पता चला कि शिप्रा ने अपनी शादी के एक दिन बाद से ही तुम्हारे लिए नौकरी पर जाना शुरू कर दिया। हम शिप्रा को और परखने लगे। और तभी आज हमें पता चला कि शिप्रा ने तुम्हें अपना नया बिजनेस शुरू करने के लिए अपने सारे गहनें बेंचने के लिए दे दिये। उसके बाद हमें पूरा यकीन हो गया कि तुम्हारे लिए शिप्रा से बेहतर कोई दूसरी लड़की हो ही नहीं सकती। इसलिए मैंने तुम्हें यहां पर तुम्हारा सब कुछ लौटाने के लिए ही बुलाया है। अब तुम्हें कोई दूसरा बिजनेस शुरू करने की जरूरत नहीं है और शिप्रा को भी कहीं और नौकरी करने की भी जरूरत नहीं है। तुम्हें कल सुबह 11 बजे कुछ कागजात पर साइन करने हो◌ो◌ंगे

उसके बाद सब कुछ तुम्हें बापस मिल जायेगा। तुम्हें सब कुछ लौटाने के बाद कल मैं और शल्य हमेशा से लिए लन्दन चले जायेगे।"

सम्पर्क-" सिया दीदी, तो क्या आप कल मेरे बंगले पर रूकेंगी नहीं।"

सिया-" सम्पर्क तुमने मुझे माफ़ कर दिया क्या??"

सम्पर्क-" हां सिया दीदी। अब मैं आपसे और शल्य जी से बिल्कुल भी नाराज नहीं हूं। क्योंकि केवल आपकी ही बजह से ही मेरी शादी सांत्वना जैसी लड़की से होने से रूक गई और शिप्रा से मेरी शादी हो पाई है। अब मैं आपसे कैसे नाराज रह सकता हूं। इसलिए कल आपको और शल्य जी

को मेरे बंगले पर रूकना ही पड़ेगा। अभी शल्य जी कहां पर हैं??"

सिया-" शल्य मेरे साथ नहीं आये ताकि तुम्हें बुरा ना लगे। लेकिन कल हम दोनों तुम्हारे बंगले पर जरूर रूकेंगे।

सम्पर्क आज तुमने मुझे पहली बार सिया दीदी कहकर बुलाया है। मुझे बहुत ही अच्छा लगा। सम्पर्क आज अचानक ये सब कैसे??"

सम्पर्क-" सिया दीदी ये सब शिप्रा की बजह से ही हुआ है। और यहां मुझे शिप्रा ही लेकर आईं हैं। आज से मैं आपको हमेशा सिया दीदी कहकर ही बुलाऊंगा।"

सिया-" सम्पर्क, मैं जानती थी कि शिप्रा तुम्हें यहां पर लेकर जरूर आयेगी इसलिए मैंने लैटर में तुम्हारे साथ शिप्रा को भी आने के लिए कहा था।

ठीक है सम्पर्क तो मैं चलती हूं। कल मैं तुमसे 11 बजे तुम्हारे बंगले पर मिलती हूं।"

सम्पर्क-"ठीक है सिया दीदी।"

तभी सिया वहां से चली जाती है। कुछ देर बाद शिप्रा और सम्पर्क भी अपने घर के लिए निकल जाते हैं।

किशनगढ़ में अपने घर पहुंचकर,

सम्पर्क-" शिप्रा तुम अपना सब जरूरी सामान रख लो, कल से हम अपने श्रीकृष्णनगर वाले बंगले में ही रहेंगे।"

शिप्रा-" ठीक है सम्पर्क जी। लेकिन मेरी मां लौटने के बाद इस किशनगढ़ वाले घर में अकेली कैसे रहेगी।"

सम्पर्क-" शिप्रा, तुमने ये सोच भी कैसे। कि मैं तुम्हारी मां को इस घर में अकेले छोड़कर जाऊंगा।"

शादी के बाद जब मेरे पास कुछ भी नहीं था तो उस समय तुम्हारी मां ने मुझे अपना संगा बेटा माना था। इसलिए अब वो मेरी मां भी है, और मैं अपनी मां को अकेले छोडकर नहीं जाऊंगा। वो हमारे साथ ही रहेंगी। शिप्रा तुम अपने सामान के साथ-साथ मां का जरूरी सामान भी रख लेना।"

शिप्रा-" ठीक है सम्पर्क जी।"

अगले दिन सुबह 11 बजे सम्पर्क शिप्रा के साथ अपने श्रीकृष्णनगर वाले बंगले में पहुंच जाता है। वहां पर सिया और शल्य पहले से ही मौजूद थे।

तभी सिया सम्पर्क को साइन करने के लिए कुछ कागजात देती है। सम्पर्क उन कागजातों पर साइन कर देता है।

सिया-" सम्पर्क, आज से सब कुछ तुम्हारा फिर से हो गया।"

सम्पर्क-" आज से कम से कम तीन दिनों के लिए सिया दीदी आप और शल्य जी हमारे साथ यहां पर ही रूकेंगे।"

सिया-" ठीक है सम्पर्क। जैसा भी तुम चाहो।"

तीन दिनों बाद सिया सम्पर्क के पास आती है।

सिया-" मैंने तुम्हारी बात मानी। अब कल मैं तुम्हें और शिप्रा को अपने साथ एक सप्ताह के लिए लन्दन घुमाने के लिए ले जाना चाहती हूं।"

सम्पर्क-" सिया दीदी , कल आप अपने साथ केवल शिप्रा को लेकर चली जाइएगा। सिया दीदी आप चिंता मत करो। दो दिनों के बाद, मैं एक जरूरी काम खत्म करके वहां पर आ जाऊंगा।"

सिया-" ठीक है सम्पर्क।"

सम्पर्क शिप्रा के पास जाकर सिया और शल्य के साथ लन्दन जाने के लिए मना लेता है।

शिप्रा-" सम्पर्क जी, मैं कल अकेले सिया बहन के साथ लन्दन चली तो जाती हूं। लेकिन मैं आपके आने के बाद ही लन्दन घूमने जाऊंगी।"

सम्पर्क-" ठीक है शिप्रा। कल तुम सिया दीदी के साथ वहां पर जाओ मैं दो दिन के बाद वहां पर जरूर आ जाऊंगा।"

अगले दिन शिप्रा सिया और शल्य के साथ लन्दन चली जाती है।

लन्दन में शिप्रा को दो दिन बीत जाते हैं।

दो दिनों के बाद शिप्रा सम्पर्क का बहुत बेचैनी से इन्तजार कर होती है। तभी पास में ही खड़ी सिया के फोन पर एक का◌ॅल आती है। उस का◌ॅल के बाद सिया एकदम परेशान हो जाती है। उसकी आंखें भर आती हैं।

सिया-" नहीं ऐसा नहीं हो सकता है।"

शिप्रा-" क्या हुआ सिया बहन।"

सिया" मुझे अभी-अभी श्रीकृष्णनगर के एक हा◌ॅस्पिटल से का◌ॅल आई थी कि आज सम्पर्क का एक बहुत बड़ा एक्सीडेंट हो गया है। और इस समय वो ICU में एडमिट है। इसलिए हमें अभी

श्रीकृष्णनगर के लिए निकलना होगा। शल्य पता नहीं कब आयेंगे।हम शल्य का इन्तजार नहीं कर सकते। मैं रास्ते में शल्य को का◌ॅल करके सब बता दूंगी।और ये भी कह दूंगी कि आप बाद में आते रहना।"

थोड़ी देर बाद, सिया शल्य को का◌ॅल करके सम्पर्क के बारे में सबकुछ बता देती है।

श्रीकृष्णनगर में पहुंचकर, सिया और शिप्रा सीधे हा◌ॅस्पिटल में पहुंचती हैं। वहां पर पहुंचकर दोनों सम्पर्क के डा◌ॅक्टर से मिलती हैं।

सिया-" डॉक्टर सर, अब सम्पर्क कैसा है??"

डॉक्टर-" अभी मैं कुछ भी नहीं कह सकता। कुछ और चेकअप करने के बाद कल तक मैं आपको सब कुछ बता दूंगा।"

अगले दिन सिया और शिप्रा डाॅक्टर, के पास जाती हैं। और सम्पर्क की तबीयत के बारे में पूछती हैं।

डाॅक्टर-" अब सम्पर्क ठीक है। आप लोग एक सप्ताह बाद सम्पर्क को घर ले जा सकते हैं। लेकिन??"

सिया-" लेकिन क्या, डाॅक्टर??

डाॅक्टर-" मैंने सम्पर्क के सारे चेकअप कर लिए, उसके बाद रिपोर्टों से यही पता चला है कि सम्पर्क अब कभी अपने पैरों

पर चल नहीं सकेगा। कुछ दिनों तक आप लोगों को ये बात सम्पर्क को नहीं बतानी है। और अब से आप लोगों को सम्पर्क का ज्यादा ख्याल रखना होगा।"

थोड़ी देर बाद शल्य सम्पर्क को देखने के लिए लन्दन

से आ जाता है। सिया शल्य को सम्पर्क की तबीयत के बारे में पूरी बात सही-सही बता देती है और इस बात के बारे में सम्पर्क को कुछ भी बताने से मना कर देती है।

शल्य सम्पर्क से मिलता है। सात दिनों बाद सिया, शल्य और शिप्रा सम्पर्क को हाॅस्पिटल से घर ले आते हैं।

कुछ दिनों बाद सम्पर्क को पता चल ही जाता है कि अब वो कभी भी अपने पैरों पर चल नहीं सकेगा। इस बात के बारे में पता चलते ही सम्पर्क बहुत दुखी होता है। फिर सम्पर्क अपनी व्हीलचेयर से शिप्रा के पास जाता है।

शिप्रा-" सम्पर्क जी आप यहां। कोई काम था तो मुझे ही बुला लेते।"

सम्पर्क-" शिप्रा, अभी मुझे तुमसे एक बात करनी है।"

शिप्रा-" बोलिए सम्पर्क जी।"

सम्पर्क-" शिप्रा, मुझे पता चल चुका है कि डॉक्टर ने कह दिया है कि अब मैं कभी भी अपने पैरों पर चल नहीं सकूंगा। इसलिए

मैं चाहता हूं कि तुम अपनी नई जिंदगी की शुरुआत करो। अगर तुम मुझसे दूर जाकर अपनी एक नई जिंदगी की शुरुआत करोगी तो मुझे बहुत अच्छा लगेगा।"

शिप्रा-" सम्पर्क जी ये आप कैसी बातें कर रहे हैं।मै आपको किसी भी हालत में छोड़कर जाने की सोच भी नहीं सकती। और सम्पर्क जी मैं आपसे दूर जाकर कभी खुश भी नहीं रह सकती हूं। मेरी खुशी तो हमेशा आपके पास रहने में ही है। सम्पर्क जी अगर आपने मुझसे फिर कभी खुद से दूर जाने के लिए कहा तो मैं आपसे बिल्कुल भी बात नहीं करूंगी।"

सम्पर्क-" ठीक है शिप्रा, अब से मैं कभी भी तुमसे दोबारा ऐसी बातें नहीं करूंगा। इस बार मुझे तुम माफ़ कर दो।"

शिप्रा-" ठीक है सम्पर्क जी।"

तभी सम्पर्क शिप्रा को वहीं पर रुकने की कहकर अपनी व्हीलचेयर से सिया के कमरे में चला जाता है। वहां पर शल्य भी था।

सिया-" सम्पर्क तुम यहां पर । कोई काम था क्या??" किसी से कहकर मुझे अपने पास ही बुलवा लेते।"

सम्पर्क-" कोई बात नहीं सिया दीदी। मैं यहां आपसे एक बात करने के लिए आया हूं।"

सिया-" बोलो सम्पर्क क्या बात है??"

सम्पर्क-" सिया दीदी, मुझे पता चल चुका है कि मैं अब कभी भी अपने पैरों पर चल नहीं सकूंगा। इसलिए अब आप शल्य जी के साथ लन्दन चली जाइये आप मेरे लिए कब तक यहां पर रूकेंगी। मेरी देखभाल करने के लिए शिप्रा है तो। मुझे देखने के लिए आप और शल्य जी बीच-बीच में यहां पर आते रहिएगा।"

सिया-" सम्पर्क मैं तुम्हें इस हालत में छोड़कर कहीं नहीं जाऊंगी। तुमसे दूर जाकर मैं एक बार गलती कर चुकी हूं। मैं फिर से वही गलती दोहराना नहीं चाहती। अगर तुम्हें कोई परेशानी ना हो तो अब से मैं तुम्हारे पास यहीं पर रहूंगी। कुछ दिनों में शल्य इसी शहर में अपना बिजनेस भी शिफ्ट कर लेंगे और अगर तुमने मुझे दोबारा से यहां से जाने के लिए कहा तो मैं यहां पर दोबारा कभी नहीं आऊंगी।"

शल्य-" सम्पर्क, सिया बिल्कुल सही कह रही है। सिया को तुम्हारे पास ही रूकना चाहिए। कुछ महीनों के बाद मैं अपना बिजनेस लन्दन से श्रीकृष्णनगर में ही ट्रान्सफर कर लूंगा और तब तक बीच-बीच में मैं यहां पर आता ही रहूंगा।"

सम्पर्क-" ठीक है सिया दीदी। आप और शल्य जी को जैसा भी सही लगे। और सिया दीदी आपके यहां पर रहने से मुझे कोई भी परेशानी नहीं होगी बल्कि बहुत ही खुशी होगी।"

तभी सम्पर्क सिया के कमरे से अपने कमरे में चला जाता है।

अगले दिन शाम को शल्य अकेले ही लन्दन चला जाता है।

इसी तरह कई दिन बीत जाते हैं। एक दिन शिप्रा सम्पर्क को घुमाने के लिए पास के एक गार्डन में ले जाती है। शिप्रा सम्पर्क को गार्डन के अन्दर ही छोड़कर, सम्पर्क के लिए पीने का पानी लेने गार्डन के बाहर चली जाती है। शिप्रा सम्पर्क के पास पानी लेकर जा ही रही होती है। तभी शिप्रा को पीछे से एक आबाज आती है। शिप्रा पीछे मुड़कर देखती है। वहां पर शिप्रा को सांत्वना दिखाई देती है। तभी सांत्वना शिप्रा के पास आती है।

सांत्वना-" और शिप्रा तुम कैसी हो। मैंने सुना है कि सम्पर्क अब कभी भी अपने पैरों पर चल नहीं पायेगा। मैंने तो तुमसे पहले ही कहा था कि तुम्हें सम्पर्क से शादी

करने के बाद कोई भी खुशी हासिल नहीं होगी भले ही सम्पर्क को अपना बिजनेस दोबारा से मिल गया हो। तुम तो बड़ा कह रहीं थीं कि तुम सम्पर्क से प्यार करती हो,और तुम किसी भी हालत में सम्पर्क का साथ नहीं छोड़ोगी। अब तुम सम्पर्क की इसी हालत के साथ अपनी पूरी जिंदगी बिताना और कुछ ही दिनों में सम्पर्क का बिजनेस भी बर्बाद हो जायेगा। उसके बाद तुम्हें अच्छी तरह पता चल जाएगा कि प्यार ही सबकुछ नहीं होता।"

शिप्रा-" सांत्वना मैम, आपको मेरी बहुत फिक्र है। उसके लिए आपका बहुत-बहुत धन्यवाद। सांत्वना मैम, मैं पहले भी कहती थी और अब भी कहती हूं कि मैं सम्पर्क जी का साथ किसी भी हालत में नहीं छोड़ूंगी। ये सही हुआ जो आपकी शादी सम्पर्क जी से नहीं हुई, वरना आप सम्पर्क जी को ऐसी हालत में जरूर छोड़कर

चलीं जातीं। आप केवल उनके रूपयों से प्यार करती थीं। और आप सम्पर्क जी के बारे में नहीं सोचिए। उनके बारे में सोचने के लिए अभी मैं हूं। और रही बात सम्पर्क जी के चलने की तो आज से छः महीनों के भीतर सम्पर्क जी अपने पैरों पर चलेंगे भी और उनका बिजनेस भी बर्बाद नहीं होगा। ये सब आप छः महीने बाद खुद ही आकर देख लेना।"

ये कहकर शिप्रा गार्डन के अन्दर जाकर सम्पर्क को वहां से लेकर सीधे घर आ जाती है।

शिप्रा-" सम्पर्क जी, मुझे आपसे एक बात करनी है।"

सम्पर्क-" शिप्रा बताओ क्या बात कहना चाहती हो।"

शिप्रा-" सम्पर्क जी, आपको छः महीने के भीतर अपने पैरों पर चलने की पूरी कोशिश करनी होगी।"

सम्पर्क-" शिप्रा, लेकिन डॉक्टर ने तो कहा है कि मैं अपने पैरों पर कभी चल नहीं पाऊंगा। तो फिर कोशिश करने से क्या फायदा।"

शिप्रा-" सम्पर्क जी, जरूरी नहीं कि आपके बारे में जो भी डॉक्टर कहे वो हमेशा सच साबित ही हो। आप खुद को कभी अकेला मत समझिएगा। चलने की कोशिश में, मै हमेशा आपकी मदद करूंगी। सम्पर्क जी शायद आप यही सोच रहे होंगे कि मुझे अब आपके साथ चलने में शर्म आने लगी है, इसलिए मैं आपसे ये सब कह रही हूं। लेकिन सच तो ये है कि

मुझे आपके साथ ऐसी हालत में रहने में ज्यादा अच्छा लगता है। क्योंकि इस हालत में, मैं आपके साथ ज्यादा से ज्यादा रह सकती हूं। और इस बीच मैं आपसे बहुत सारी बातें भी कर सकती हूं। शादी से पहले मेरी बात सुनने वाला मेरी मां के अलावा कोई भी नहीं था। लेकिन अब मैं आपसे अपनी हर बात कर सकूंगी। आप यही सोच रहे होंगे। तो मैं आपसे चलने की क्यों कह रही हूं। सम्पर्क जी, बहुत से लोग आपकी पीठ पीछे ये कहते है कि आप अब विना किसी के सहारे के कुछ भी कर नहीं सकते। ये बात मुझे बहुत बुरी लगती है। इसलिए आपको अपने पैरों पर चलकर उन सभी लोगों को दिखाना ही होगा कि आप किसी से भी कमजोर नहीं हैं। और आपको किसी और के सहारे की भी कोई जरूरत नहीं है।"

सम्पर्क-" ठीक है शिप्रा। आज से छः महीने के भीतर मैं अपने पैरों पर चलकर ही रहूंगा।"

शिप्रा-" सम्पर्क जी मुझे आप पर पूरा भरोसा है कि आपके लिए ये करना कोई बड़ी बात नहीं है। सम्पर्क जी मुझे आपसे एक बात और करनी थी।"

सम्पर्क-"बोलो शिप्रा, तुम्हें और क्या बात करनी है।"

शिप्रा-" सम्पर्क जी, मैं चाहती हूं कि जब तक आप पूरी तरह से सही नहीं हो जाते, तब तक मैं और सिया बहन मिलकर आपके बिजनेस को सम्भालें। ताकि आप सारी फिक्र छोड़कर केवल अपने चलने पर ध्यान दें। और शाम को आफिस से आने के बाद, फिर शाम को आफिस से

आने के बाद, मैं आपकी चलने में मदद करूंगी। जब आप पूरी तरह से सही हो जायेंगे तब आप अपना बिजनेस खुद ही सम्भालना और फिर मैं केवल आराम करूंगी।"

सम्पर्क-" ठीक है शिप्रा। मैं कल वकील को बुलाकर छः महीनों के लिए अपना बिजनेस तुम्हारे और सिया दीदी के नाम कर दूंगा।"

अगले दिन सम्पर्क वकील बुलाकर अपने बिजनेस को छः महीनों के लिए शिप्रा और सिया के नाम कर देता है। बिजनेस नाम होते ही, अगले दिन से सिया और शिप्रा सम्पर्क के बिजनेस को सम्भालने के लिए श्रीकृष्णनगर वाले आफिस में जाने लगती हैं।

शिप्रा हर रोज शाम को आफिस से आने के बाद सम्पर्क की चलने में मदद करने लगी। इसी तरह कुछ महीने बीत जाते हैं।

पांच महीनों में ही सम्पर्क थोड़ा-थोड़ा चलने लगता है। और छः महीनों में सम्पर्क पूरी तरह से सही हो जाता है। अब सिया और शिप्रा ने मिलकर सम्पर्क का बिजनेस पहले से भी ज्यादा अच्छा कर दिया था। सम्पर्क ने अपना बिजनेस छः महीनों के लिए शिप्रा और सिया के नाम किया था। आज उसका समय भी पूरा हो गया था।

आज सम्पर्क बहुत खुश था क्योंकि आज उसने शिप्रा से अपने छः महीने के भीतर अपने पैरों पर चलने वाली बात को पूरा कर दिया था। तभी सम्पर्क शिप्रा के कमरे को सजा देता है, और वहीं पर शिप्रा का आफिस से आने का इंतजार करने लगता

है। थोड़ी देर बाद, शिप्रा आफिस से घर आ जाती है, घर आकर वो अपने कमरे में जाती है। वहां सम्पर्क पहले से ही मौजूद था।

सम्पर्क-" शिप्रा आज मैं बहुत खुश हूं, क्योंकि आज मैंने तुमसे जो वादा किया था उसे पूरा कर दिया है, अब मैं पूरी तरह से सही हो गया हूं। इसलिए अब कल से तुम आफिस नहीं जाओगी बल्कि मैं जाऊंगा। तुम और सिया दीदी केवल आराम करोगे। वैसे भी तुम्हें आफिस जाते हुए, आज पूरे छः महीने हो गए हैं। कल मेरा बिजनेस अपने-आप ही मेरे नाम आ जायेगा शिप्रा आज मैं तुमसे एक बात कहना चाहता हूं।"

शिप्रा-" बोलिए, सम्पर्क जी।"

सम्पर्क-", शिप्रा अगर तुम ना होतीं तो शायद मैं कभी भी अपने पैरों पर चल नहीं पाता। तुमने और सिया दीदी ने मेरी बहुत मदद की है। शिप्रा, तुम हमेशा इसी तरह मेरा साथ देती रहना।"

शिप्रा-" सम्पर्क जी सही बात तो ये है कि मैंने कुछ भी नहीं किया है। आप मेरी बजह से नहीं बल्कि अपनी मेहनत की बजह से ही अपने पैरों पर चल पा रहे हैं। कल से आप आफिस जाना चाहते हैं। तो जरूर जाइये वैसे भी आप इतने समय तक एक ही जगह पर रहते-रहते बोर हो गए होंगे। आफिस में आपको अच्छा महसूस होगा।"

सम्पर्क-" ठीक है शिप्रा। तो कल से मैं आफिस जाना शुरू कर देता हूं।"

शिप्रा-" सम्पर्क जी , बहुत दिनों से मैं आपसे एक बात कहना चाहती थी। लेकिन पहले आपसे इस बात को करना मुझे सही नहीं लगा। आज जब आप पूरी तरह से सही हो गए हैं, तो आज आपको ये बात बतानी जरूरी है। लेकिन सम्पर्क जी आप बिल्कुल भी गुस्सा नहीं करेंगे।"

सम्पर्क-" ठीक है शिप्रा। अब बताओ क्या बात है।"

शिप्रा-" सम्पर्क जी आपका एक्सीडेंट अचानक ही नहीं हुआ बल्कि जानबूझकर कराया गया है।"

सम्पर्क-" शिप्रा, तुम ये क्या कह रही हो। मेरा एक्सीडेंट कोई क्यों करवायेगा।"

शिप्रा-" सम्पर्क जी मैं आपको सबकुछ बताती हूं।

(फ्लैशबैक का आरंभ)

'आज़ से छः महीने पहले जब आपके साथ ये एक्सीडेंट हुआ, तो यहां पर आकर मेरे दिमाग में ख्याल आया कि कहीं आपका ये एक्सीडेंट जानबूझकर तो नहीं कराया गया है। क्योंंकि आप तो बहुत अच्छी तरह से गाड़ी चलाते थे। तभी मैंने चुपके से आपके इस एक्सीडेंट के बारे में उसी प्राइवेट डिटेक्टिव से पता लगवाया, जिससे सिया बहन ने सांत्वना की सच्चाई के बारे में पता लगवाया था।

कुछ ही दिनों बाद उस प्राइवेट डिटेक्टिव ने मुझे कॉल करके अपने आफिस में

अकेले बुलाया। मैं उस प्राइवेट डिटेक्टिव से मिलने उसके आफिस गई।

तभी उस डिटेक्टिव ने मुझे बताया कि सम्पर्क का एक्सीडेंट अचानक नहीं हुआ है। बल्कि किसी रूद्र नाम के आदमी ने किया है। मैं इतना ही पता लगा पाया हूं।

मैं तो इस नाम किसी आदमी को जानती तक नहीं थी। तब मैंने सोचा शायद आप रूद्र नाम के उस आदमी को जानते होंगे। तब मैंने रूद्र के बारे में पता लगाने के लिए आपके आफिस में और आपके सभी जानने-पहचानने वालों से बहुत पूछताछ की। लेकिन रूद्र बारे में कुछ भी पता नहीं चल पाया। इस तरह मुझे रूद्र के बारे में पता लगाते हुए काफी दिन बीत गए। लेकिन कुछ भी पता नहीं चला।

फिर एक दिन अचानक मेरे फोन पर एक मैसेज आया। जिसमें लिखा था -अगर रूद्र के बारे में जानना चाहती हो तो आज शाम 4 बजे इस पर लिखे पते पर आ जाना और अकेले ही आना। नीचे एक हा◌ॅस्पिटल का पता लिखा था।

शाम 4 बजे मैं उस पते पर पहुंचती हूं। वो हा◌ॅस्पिटल एक सुनसान जगह पर था। उसके बाद, मैं हा◌ॅस्पिटल के अन्दर जाकर देखती हूं। वहां पर भी कोई नहीं था। तभी मुझे उस हा◌ॅस्पिटल में एक कमरा दिखाई देता है। मैं उस कमरे के अन्दर जाती हूं। वहां पर मुझे सुरेश एक बैड पर लेटा हुआ मिलता है।(फ्लैशबैक का अन्त)'

सम्पर्क-" शिप्रा, ये सुरेश कौन है??"

शिप्रा-" सम्पर्क जी, मैंने पहले कभी आपको सुरेश के बारे में बताया ही नहीं। क्योंकि ऐसी कभी जरूरत ही नहीं पड़ी, लेकिन आज मैं आपको सुरेश के बारे में सबकुछ बताती हूं।

(फ्लैशबैक का आरंभ)' मेरी आपसे शादी होने के करीब दो साल पहले, मैं और सुरेश आपके आफिस में ही काम करते थे। सुरेश मेरा बहुत अच्छा दोस्त था। फिर एक दिन सुरेश ने मुझसे कहा कि वो मुझसे बहुत प्यार करता है, और मुझसे शादी करना चाहता है। मैंने सुरेश को मना करते हुए कहा कि मैं सम्पर्क सर को पसंद करती हूं। इसलिए मैं तुमसे शादी नहीं कर सकती। ये सुनकर सुरेश वहां से चला गया। उसके बाद मैंने सुरेश को कभी नहीं देखा।

इस बात को लगभग दो साल बीत गए। इतने सालों बाद उस दिन उस जगह पर सुरेश को ऐसी हालत में देखकर मैं एकदम हैरान रह गई। मैं सुरेश से उसकी ऐसी हालत के बारे में पूछना चाहती थी। लेकिन मैं पहले उस हाॅस्पिटल की छत पर भी रूद्र को ढूंढना चाहती थी। इसलिए मैं वहां से जाने लगती । तभी सुरेश ने मुझे पीछे से आबाज दी- शिप्रा रूद्र को ढूंढ रही हो क्या??"

मैं सुरेश के मुंह से 'रूद्र' का नाम सुनकर हैरान रह गई,

तभी मैं सुरेश के पास गई और उससे पूछा-" तुम रूद्र को कैसे जानते हो??"

तभी सुरेश ने मुझसे कहा-" क्योंकि मैं ही रूद्र हूं। मैंने ही सम्पर्क का एक्सीडेंट

किया था। और मैंने ही तुम्हें यहां पर आने के लिए मैसेज किया था।"

तभी मैंने सुरेश से पूछा-"तुमने सम्पर्क जी के साथ ऐसा क्यों किया। और तुमने मुझे इस जगह क्यों बुलाया है।"

तभी सुरेश ने मुझसे कहा-" तुमने सम्पर्क की बजह से मुझसे शादी नहीं की। इसी बात का सम्पर्क से मैं बदला लेना चाहता था। इसलिए मैंने 'रूद्र' बनकर सम्पर्क का एक्सीडेंट इस तरह से किया, ताकि कोई भी मेरे बारे में पता ना कर पाए।"

शिप्रा-" सुरेश, अब तुमने मुझे यहां पर क्यों बुलाया है।"

सुरेश-" सब बताता हूं। (फ्लैशबैक का आरंभ)

' आज से लगभग दो साल पहले जब तुमने मुझे सम्पर्क की बजह से शादी करने से मना कर दिया।तो मुझे सम्पर्क पर बहुत गुस्सा आया। तभी से मैं सम्पर्क से बदला लेने की सोचने लगा, लेकिन मैं सही वक्त का इंतजार करने लगा। और उस दिन मैं इस शहर को हमेशा के लिए छोड़कर चला गया। कुछ महीनों बाद मुझे पता चला कि तुमने सम्पर्क से शादी कर ली है। तभी मैंने सम्पर्क का एक्सीडेंट करने का प्लान बनाया। अब मैं सम्पर्क को तुमसे कुछ दिनों के लिए दूर जाने का इन्तजार करने◌े लगा, ताकि तुम्हें ये कभी भी पता नहीं चल पाए कि सम्पर्क मेरी बजह से ही मरा है। फिर सम्पर्क के मरने के बाद, मैं तुमसे शादी कर लूंगा। कुछ दिनों बाद, मुझे पता चला कि तुम सम्पर्क को इस

शहर में अकेले छोड़कर सम्पर्क की बहन सिया के साथ कुछ दिनों के लिए लन्दन चली गई हो। उसके बाद मैंने खुद ही सम्पर्क को मारने के लिए एक्सीडेंट किया। इस काम के लिए मैंने 'रूद्र' नाम का इस्तेमाल किया। ताकि कोई मुझ तक कभी ना पहुंच पाए। सम्पर्क का एक्सीडेंट करने के कुछ दिनों बाद ही मेरा बहुत बड़ा एक्सीडेंट हो गया। उसके बाद मैंने अपना बहुत इलाज करवाया लेकिन सभी डॉक्टरों ने मुझसे कहा कि मैं अब बचूंगा नहीं। और कुछ ही दिनों तक जिंदा रहूंगा। मैं मरने से पहले एक बार तुमसे दोस्ती निभाना चाहता था।अब मैं तुम्हें सब कुछ सच-सच बता देना चाहता था। तभी मुझे पता चला कि कई दिनों से तुम 'रूद्र' के बारे में पता लगाने की कोशिश कर रही हो। इसलिए मैंने तुम्हें यहां पर सबकुछ सच बताने के लिए बुलाया है।'

(फ्लैशबैक का अन्त)

मैंने सुरेश से कहा-" सुरेश, ये तुमने बहुत ही गलत किया।"

तभी सुरेश ने मुझसे कहा-" मुझे पता है शिप्रा। तभी मैं अपने किये की इतनी बड़ी सजा भुगत रहा हूं।

फिर जैसे ही मैं वहां से जाने लगती हूं। तभी सुरेश मुझे रोककर कहा-" क्या तुम इस एक्सीडेंट को करवाने में मेरा साथ देने वाले का नाम नहीं जानना चाहोगी??"

मेरे पैर अचानक ही रुक गये। और मैं तभी सुरेश के पास गई।

मैंने सुरेश से पूछा-" सुरेश बताओ मुझे, कौन है वो।"

तभी सुरेश ने कहा-" शिप्रा, उस व्यक्ति को तुम बहुत अच्छी तरह जानती हो।"

मैंने सोचा-" ऐसा कौन हो सकता है, जिसे मैं बहुत अच्छी तरह से जानती हो।"

तभी सुरेश ने मुझे जो बताया उसे सुनकर मुझे बिल्कुल भी यकीन नहीं हुआ।"

सम्पर्क-" शिप्रा, तुमसे सुरेश ने ऐसा क्या कहा??"

उसने मुझे बताया कि "वो व्यक्ति और कोई नहीं बल्कि सिया का पति शल्य है।"

मुझे सुरेश की बातों पर बिल्कुल भी यकीन नहीं हुआ।

तभी मैंने सुरेश से कहा-" सुरेश, ऐसा बिल्कुल भी नहीं है। तुम मुझसे झूठ बोल रहे हो। शल्य जी, ये सब कभी कर ही नहीं सकते।"

तभी सुरेश ने मुझसे कहा-" मुझे पता था कि तुम मेरी बातों पर भरोसा नहीं करोगी। मैं तुम्हें एक वीडियो दिखाना चाहता हूं, जिसे देखने के बाद तुम्हें मेरी बातों पर पूरा भरोसा हो जायेगा।"

तभी सुरेश ने मुझे वो वीडियो दिखाया।

उस वीडियो में सुरेश और शल्य जी आपका एक्सीडेंट करवाने के बारे में बात कर रहे थे।"

मैं उस वीडियो को देखकर एकदम हैरान रह गई। मुझे यकीन नहीं हो पा रहा था कि शल्य जी ऐसा कभी कर सकते हैं।

फिर मैंने सुरेश से पूछा-" शल्य जी ने ऐसा क्यों किया।"

सुरेश ने मुझे बताया-" ये तो मुझे मालूम नहीं है।"

फिर सुरेश से मैं वो वीडियो लेकर वहां से चली आई। (फ्लैशबैक का अन्त)

तभी शिप्रा सम्पर्क को वो वीडियो दिखाती है। सम्पर्क उस वीडियो को देखकर हैरत में पड़ जाता है।

शिप्रा-" उस समय ये सब बताकर मैं आपको परेशान नहीं करना चाहती थी। इसलिए मैंने इस बारे में किसी को कुछ भी नहीं बताया है। लेकिन आज जब आप पूरी तरह से सही हो गए हैं, इस बात से मैं बहुत ज्यादा खुश हूं। अब ये बात मैं आपसे छुपा नहीं सकती।इसलिए आज मैं आपको ये सब बता रही हूं। सम्पर्क जी, आपका एक्सीडेंट होने के बाद सिया दीदी ने हमारी बहुत मदद की है। जब सिया बहन को इस बारे में पता चलेगा तो पता नहीं क्या होगा?? इसलिए आप इस बारे में सिया बहन को कभी कुछ भी नहीं बताओगे और ना ही उन्हें किसी भी तरह से पता चलने दोगे।"

सम्पर्क-" ठीक है शिप्रा। इस बारे में मै सिया दीदी को कभी कुछ भी पता नहीं चलने दूंगा। लेकिन मैं शल्य जी से ये जरूर पूछूंगा कि उन्होंने मेरे साथ ये सब क्यों किया।"

तभी सम्पर्क शल्य को का◌ॅल करता है। और शल्य को लन्दन से यहां पर आने के लिए कहता है। शल्य सम्पर्क को अगले दिन शाम तक आने की कह देता है।

अगले दिन शाम के समय शल्य लन्दन से आ जाता है।

सिया-" शल्य तुम यहां पर अचानक?? सबकुछ ठीक तो है??"

सम्पर्क-" सिया दीदी, आप चिंता मत कीजिए। मैंने ही शल्य जी को यहां पर एक जरूरी बात करने के लिए बुलाया है।

सिया-" ठीक है सम्पर्क, तुम शल्य के साथ अपनी जरूरी बात करो। तब तक मैं भी शिप्रा के साथ बाहर होकर आती हूं।"

तभी सिया शल्य और सम्पर्क को वहां पर बात करने के लिए अकेले छोड़कर शिप्रा के साथ चली जाती है।

सम्पर्क-" शल्य जीए अब सच-सच बताइए, आपने मेरा एक्सीडेंट क्यों करवाया। आखिर मैंने आपके साथ ऐसा क्या किया था।"

शल्य-" सम्पर्क ये तुम क्या कह रहे हो। मैं तुम्हारा एक्सीडेंट क्यों करवऊंगा??

तभी सम्पर्क शल्य को वो वीडियो दिखाता है जिसमें शल्य सुरेश के साथ सम्पर्क का एक्सीडेंट करवाने के बारे में बात कर रहा था।

उस वीडियो को देखकर शल्य अचानक से परेशान हो जाता है। तभी शल्य सम्पर्क स कहता है-"

शल्य-" सम्पर्क ये बात बिल्कुल सच है कि मैंने ही तुम्हारा एक्सीडेंट करवाया था। इस बात के लिए मैं तुमसे माफी मांगता हूं। तुम्हारा एक्सीडेंट मुझे मजबूरी में करवाना पड़ा।"

सम्पर्क-" ऐसी भी क्या मजबूरी थी जो आपको मेरा एक्सीडेंट करवाना पड़ा।"

शल्य-" सम्पर्क मैं तुम्हें सबकुछ बताता हूं। लेकिन तुम इस वीडियो के बारे में किसी और को नहीं बताना।"

सम्पर्क-" ठीक है, अब बताओ।"

शल्य-"तुम्हारी शिप्रा से शादी होने के बाद जब तुमने मुझे और सिया को अपने बंगले पर बुलाया। तब से सिया हमेशा तुम्हारी और शिप्रा की तारीफ करती रहती थी। इस बात से मैं तुमसे चिढ़ने लगा था। अब मैं तुमसे किसी भी तरह से बदला लेना चाहता था।

तभी मुझे सुरेश मिला वो भी तुमसे बदला लेना चाहता था। फिर मैंने और सुरेश ने तुम्हारा एक छोटा सा एक्सीडेंट करने का प्लान बनाया। लेकिन सुरेश ने तुम्हारा छोटा सा एक्सीडेंट करने की बजाय बहुत बड़ा एक्सीडेंट कर दिया। जिसकी बजह से तुम विकलांग हो गए।"

शल्य-" सम्पर्क, अगर ये बात सिया को पता चल गई कि तुम मेरी बजह से ही विकलांग हुए थे। तो सिया मुझे कभी भी माफ नहीं करेगी। इसलिए प्लीज तुम ये बात सिया को बिल्कुल भी मत बताना।"

सम्पर्क-"अब आप मुझसे ये झूठ बोलना छोड़िए और अब मुझे सब सच-सच बताइए कि आपने मेरा एक्सीडेंट क्यों करवाया।"

शल्य-" क्या मतलब है तुम्हारा।"

तभी सम्पर्क शल्य को एक वीडियो और दिखाता है। उस वीडियो को देखने के बाद शल्य के पसीने छूट जाते हैं।

सम्पर्क-" शल्य जी ये मान लिया कि आप और सुरेश उस कमरे में मेरे एक्सीडेंट का प्लान बनाने रहे थे। लेकिन उसी कमरे में सिया दीदी पर्दे के पीछे क्या कर रही थीं। इसका मतलब कि सिया दीदी भी इस प्लान में शामिल थीं।

शल्य-" तुमने इस वीडियो के बारे में किसी और को बताया तो नहीं।"

सम्पर्क-" अभी तक तो किसी को नहीं। लेकिन अगर आपने अबकी बार मुझे

सबकुछ सच-सच नहीं बताया। और मुझसे जरा सा भी झूठ बोला, तो मैं इस वीडियो के बारे में और पहले वाले वीडियो के बारे में सभी को बता दूंगा।"

शल्य-" सम्पर्क तुम ऐसा नहीं करना। इस बार मैं तुमसे कोई झूठ नहीं बोलूंगा और तुम्हें केवल सच-सच ही बताऊंगा। "

सम्पर्क- "ठीक है, मैं इन वीडियो के बारे में किसी को नहीं बताऊंगा, लेकिन अगर इस बार आपने मुझे कोई भी झूठी कहानी सुनाई, तो फिर आप मुझसे कोई भी उम्मीद नहीं रखना। आप यही सोच रहे होंगे कि ये वीडियो मेरे पास आया कहां से?? इसके बारे में, मैं आपको बाद में बताऊंगा। पहले आप मुझे सच बताइए।"

शल्य-" ठीक है, सम्पर्क तो सुनो

(फ्लैशबैक का आरंभ)

आज से लगभग तीन साल पहले मेरी सिया से शादी होने के बाद, मैं उसी दिन सिया के साथ लन्दन चला गया। वहां पर मैंने अपना एक नया बिजनेस शुरू किया। उस समय मुझे अच्छी तरह से बिजनेस करना नहीं आता था। इसलिए कुछ महीनों बाद ही मेरा बिजनेस घाटे में चलने लगा। मैंने अपने बिजनेस को बहुत बचाने की कोशिश की। लेकिन कामयाब ना हो सका। आज से छः महीने पहले तो मेरा बिजनेस पूरी तरह से बर्बाद होने वाला था। अब जल्द से जल्द मुझे   कुछ दिनों के लिए एक ऐसे बिजनेस की जरूरत थी। जो मार्केट में बहुत ही अच्छा और बहुत बड़ा हो ,तब ही मेरा बिजनेस बच सकता था। ।

तभी मुझे तुम्हारा ख्याल आया। उस समय तुम्हारा बिजनेस बहुत ही बड़ा हो गया था।

तभी मैंने सिया से कुछ दिनों के लिए तुम्हारा बिजनेस लेकर अपने बिजनेस को बचाने के लिए कहा। लेकिन सिया ने मुझे तुम्हारा बिजनेस मांगने से एकदम इंकार कर दिया। तुम्हारा बिजनेस लेने में मुझे सिया की मदद की बहुत जरूरत थी। इसलिए मैंने सिया को बहुत मनाया। जिसके बाद सिया मान तो गईं।

सिया ने मुझसे कहा-" शल्य, मैं आखिरी बार इस काम में आपकी मदद करूंगी। लेकिन इसमें सम्पर्क को कोई भी नुकसान नहीं होना चाहिए।"

मैंने सिया से कहा-" मैं भी आखिरी बार ही सम्पर्क के बिजनेस का सपोर्ट लेना चाहता

हूं। आगे से मैं सम्पर्क को अपनी बजह से कभी परेशान नहीं होने दूंगा। और इस काम में सम्पर्क को कोई नुक़सान नहीं होगा।"

तभी सिया ने मुझसे कहा-" शल्य, मैं आपकी मदद कर तो देती। लेकिन एक समस्या है, सम्पर्क तो मुझसे बिल्कुल भी बात नहीं करता। तो मैं आपकी मदद करूंगी कैसे??"

तभी मैंने सिया से कहा-"इसके लिए मेरे पास एक प्लान है।"

सिया ने मुझसे कहा-" अच्छा बताओ।"

तभी मैंने सिया से कहा-" ठीक है सुनो। सिया

मैंने पता किया है कि सम्पर्क किसी सांत्वना नाम की की लड़की से बहुत ही जल्द शादी करने वाला है। और मैंने ये भी पता लगाया है कि सांत्वना बहुत ही लालची लड़की है। वो सम्पर्क से शादी केवल उसके रूपयों के लिए ही कर रही है। हमें सम्पर्क के सामने सांत्वना की सच्चाई लानी होगी।उसके लिए हमें किसी भी तरह से सम्पर्क का बिजनेस सहित सबकुछ एक-दो दिनों के लिए सम्पर्क से दूर करना होगा। उसके बाद सांत्वना की पूरी सच्चाई सम्पर्क के सामने आ जाएगी। एक-दो दिन बाद तुम सम्पर्क से मिलकर सबकुछ ही लौटा दोगी और फिर तुम्हें सम्पर्क से इस तरह से बात करनी होगी। जिससे सम्पर्क समझे कि तुम्हें अपनी पुरानी गलतियों का अहसास हो गया है। उसके बाद सम्पर्क तुम पर पहले की तरह ही भरोसा करने लगेगा। उसके बाद तुम्हें

आगे क्या करना है। ये मैं तुम्हें बाद में बताऊंगा।"

सिया-" ठीक है शल्य। शल्य, एक बात पूछूं क्या??

शल्य-" ठीक है पूछो।"

सिया-" शल्य जब एक-दो दिनों के लिए सम्पर्क का बिजनेस हमारे पास होगा। तब क्या तुम सम्पर्क के बिजनेस से अपना बिजनेस बचा नहीं सकते।"

शल्य-" नहीं सिया।"

सिया-" लेकिन क्यों??"

शल्य-" सिया मेरे बिजनेस का 50% हिस्सा मेरे और 50% हिस्सा तुम्हारे नाम है। इसलिए जब सम्पर्क अपनी मर्ज़ी से अपने बिजनेस को कम से कम एक सप्ताह के लिए तुम्हारे नाम कर देगा, तभी मेरा बिजनेस बच पाएगा।"

उसके बाद मैं और सिया लन्दन से श्रीकृष्ण नगर आ जाते हैं। और तुम्हारे सामने सांत्वना की सच्चाई ला देते हैं। उसके बाद सिया तुम्हारा सबकुछ लौटा देती है जिससे तुम सिया पर बहुत ज्यादा भरोसा करने लगते हो। मैं आगे के प्लान के बारे में सोच ही रहा था, तभी मेरी मुलाकात सुरेश से हुई। उसने कहा कि वो तुम्हें बहुत अच्छे से जानता है। फिर मैंने सुरेश को अपनी सारी परेशानी बताई। वो मेरी मदद करने के लिए तुरन्त तैयार हो गया। मेरे बहुत पूछने पर भी सुरेश ने मुझे मदद करने की बजह नहीं बताई। सुरेश

मुझे तुम्हारे बारे में हर ख़बर देने लगा। जब तुम इस शहर में अकेले रूक गये, तभी मैंने सुरेश से तुम्हारा बहुत छोटा सा एक्सीडेंट करने के लिए कहा, ताकि तुम कुछ दिनों तक अपने बिजनेस को सम्भालने के लिए आफिस ना जा पाओ। और कुछ दिनों के लिए अपने बिजनेस को सिया के नाम कर दो। इस बीच मेरा बिजनेस बच जाएगा।

फिर मैंने तुम्हारे एक्सीडेंट के बारे में सिया से बात की। सिया ने मुझे साफ-साफ मना कर दिया।

फिर सिया ने मुझसे कहा-"शल्य, आपने तो मुझसे कहा था कि इस काम में सम्पर्क को कोई नुकसान नहीं होगा, तो फिर ये एक्सीडेंट क्यों?? मै सम्पर्क से उसके

बिजनेस को कुछ दिनों के लिए अपने नाम करने के लिए भी तो कह सकती हूं।"

तभी मैंने सिया से कहा-" सिया, इतने समय बाद सम्पर्क अब तुम पर बहुत ज्यादा भरोसा करने लगा है।

अगर तुम सम्पर्क से कुछ दिनों के लिए उसका बिजनेस अपने नाम करने के लिए कहोगी, तो सम्पर्क यही समझेगा कि तुमने अभी तक का सारा नाटक अपने मतलब के लिए ही किया था। उसके बाद सम्पर्क तुम पर कभी भी भरोसा नहीं करेगा और ये भी हो सकता है कि फिर सम्पर्क अपने बिजनेस को तुम्हारे नाम भी ना करें। और उसके बाद मेरा बिजनेस कभी भी बच नहीं पाएगा। इसलिए सम्पर्क एक छोटा सा एक्सीडेंट करवाने के अलावा मेरे पास कोई दूसरा रास्ता नहीं है। सिया तुम बस

इस बार इस काम में मेरा साथ दे दो। मैं फिर कभी ऐसा नहीं करूंगा। तुम मुझ पर भरोसा तो है ना। मैं बस एक छोटा सा एक्सीडेंट करवाऊंगा। और इस एक्सीडेंट में सम्पर्क को कोई ज्यादा नुक़सान नहीं पहुंचेगा। इस एक्सीडेंट के बाद, मैं हाॅस्पिटल के डाॅक्टर से बात करके सम्पर्क को कम से कम एक सप्ताह तक आराम करने के लिए कहलवा दूंगा। इस बीच तुम सम्पर्क के बिजनेस को कुछ दिनों के लिए अपने नाम करा लेना। इस बीच मेरा बिजनेस भी बच जाएगा। उसके एक सप्ताह बाद तुम सम्पर्क के बिजनेस को वापस कर देना।

उसके बाद सिया ने मुझसे कहा-" ठीक है शल्य, मैं इस काम में आपका साथ दूंगी। लेकिन आप सम्पर्क को ज्यादा नुक़सान नहीं होने देंगे।"

मैंने सिया से कहा-" ठीक है सिया। सिया तुम यहीं रुको, मुझे सम्पर्क के एक्सीडेंट के बारे में बात करने के लिए सुरेश से मिलने जाना है। सुरेश इस काम में हमारी मदद कर रहा है।"

तभी सिया ने मुझसे कहा-" ठीक है शल्य। मैं भी आपके साथ सुरेश से मिलने चलूंगी।

तभी मैंने सिया को समझाया-" नहीं सिया। मैं नहीं चाहता कि इस काम में तुम्हारा नाम सबके सामने भी आये। इसलिए सुरेश से मिलने मैं अकेले ही जाना चाहता हूं।"

तभी सिया ने मुझसे कहा-" शल्य, आप सुरेश को बात करने के लिए यहीं पर बुला लीजिए। सुरेश के आने के बाद मैं इस कमरे में पर्दे के पीछे छिप जाऊंगी। ताकि मुझे भी पता सके कि आप सम्पर्क के एक्सीडेंट के बारे में सुरेश से क्या बात करते हैं??"

शल्य-" ठीक है, सिया।"

तभी मैं सुरेश को का॑ल करके अपने पास ही बुला लेता हूं। सुरेश के आने के बाद सिया उस कमरे में पर्दे के पीछे छिप जाती है। और मैं सुरेश से तुम्हारा एक छोटा सा एक्सीडेंट करने के बारे में बात करने लगता हूं। सुरेश भी तुम्हारा एक छोटा सा एक्सीडेंट करने के लिए मान जाता है। शायद तभी सुरेश ने मेरा वीडियो बना लिया होगा।"

लेकिन सुरेश ने मुझे बहुत बड़ा धोखा दिया। उसने तुम्हारा छोटा सा एक्सीडेंट करने की बजाय तुम्हारा बहुत बड़ा एक्सीडेंट करके तुम्हें मारने की कोशिश की। लेकिन सुरेश की ये कोशिश कामयाब नहीं हुई, लेकिन तुम विकलांग हो गए। जब बाद में मुझे इस बात का पता चला तो मुझे सुरेश पर बहुत गुस्सा आया। मैं तुरन्त सुरेश से मिलने पहुंचा।

सुरेश के पास पहुंचकर मैंने सुरेश से पूछा-" मैंने तो तुमसे सम्पर्क का एक छोटा सा एक्सीडेंट करने के लिए कहा था। फिर तुमने ऐसा क्यों किया??"

फिर सुरेश ने मुझसे जो कहा जिसे सुनकर मैं एकदम हैरान रह गया।

सुरेश ने मुझसे कहा-" मैंने सम्पर्क का छोटा सा एक्सीडेंट करने के लिए तुम्हारा साथ नहीं दिया था, बल्कि मैंने सम्पर्क मार देने के लिए तुम्हारा साथ दिया था। लेकिन वो बच गया। लेकिन हमेशा के लिए विकलांग हो गया। एक बात और मैं तुम्हें बता देना चाहता हूं कि इस काम में मैंने तुम्हारी कोई मदद नहीं की, बल्कि तुम्हारा इस्तेमाल किया है। और अगर तुमने मेरे बारे में किसी को कुछ भी बताया तो मैं सबको यही बताऊंगा कि ये सब मैंने तुम्हारे कहने पर ही किया है, इस बात का मेरे पास सुबूत भी है। उसके बाद तुम तो बहुत बुरी तरह से फंसोगे। इसलिए समझदारी इसी में है कि तुम कभी किसी को कुछ भी ना बताओ।"

फिर मैंने सुरेश से पूछा-" आखिर तुम सम्पर्क से बदला क्यों लेना चाहते हो??"

लेकिन सुरेश ने मुझे कुछ भी बताने से साफ-साफ इन्कार कर दिया। उसके बाद मैं वहां से चला आया। तीन दिनों बाद मैंने खुद सुरेश का एक बड़ा एक्सीडेंट करके तुम्हारे एक्सीडेंट का बदला भी ले लिया। कुछ ही दिनों के बाद, तुमने अपना बिजनेस सिया और शिप्रा के नाम छः महीनों के लिए कर दिया। उसके बाद मेरा पूरा बिजनेस बच गया। (फ्लैशबैक का अन्त)

इस बार मैंने तुम्हें सबकुछ सच-सच बताया है। सम्पर्क इस सब में सिया की बिल्कुल भी गलती नहीं। सिया ने जो भी किया है, मेरे कहने पर ही किया है।"

सम्पर्क-" शल्य जी, एक बात पूछूं। तो आप मुझे सच-सच बताएंगे।"

शल्य-" जरूर, सम्पर्क पूछो।"

सम्पर्क-" शल्य जी, क्या आप शिप्रा को पहले से जानते थे??"

शल्य-" नहीं सम्पर्क, मैं शिप्रा से यहां पर आकर ही मिला हूं। शिप्रा एक बहुत अच्छी लड़की है, और वो तुम्हारी बहुत परवाह करती है। तुम शिप्रा का साथ कभी मत छोड़ना। आज तुम शिप्रा की बजह से ही सही हो पाये हो।"

सम्पर्क-" शल्य जी, ये तो आपने बिल्कुल सही कहा है।"

शल्य-" सम्पर्क मुझे तुमसे एक बात और कहनी है। मैंने तुम्हारे साथ ये सब मजबूरी

में किया था। इसलिए हो सके तो, इस सब के लिए मुझे माफ़ कर देना ।सिया ने मेरा साथ, मेरी परेशानी दूर के लिए ही दिया था। इस सब के लिए, तुम सिया से कभी नाराज़ नहीं होना। शिप्रा तुम्हारा साथ हमेशा ही देती है। इसलिए सिया शिप्रा से बहुत खुश रहती है।"

सम्पर्क- " शल्य जी। आप चिंता मत कीजिए। अब मैं ना ही आपसे और ना ही सिया दीदी से बिल्कुल भी नाराज़ हूं। और मैं सिया दीदी को इन बातों के बारे में कभी भी पता नहीं चलने दूंगा।"

शल्य-" सम्पर्क, एक बात मुझे समझ में नहीं आई कि मेरे सुरेश से तुम्हारे एक्सीडेंट के बारे में बातचीत का वीडियो और सिया के पर्दे के पीछे छिपे रहने वाला वीडियो तुम्हारे पास आया कहां से?? सुरेश

को तो सिया के बारे में कुछ भी नहीं पता था, तो सिया के पर्दे के पीछे छिपे रहने वाला वीडियो तुम्हें दिया किसने??"

सम्पर्क-" ठीक है, मैं आपको सब बताता हूं।"(फ्लैशबैक का आरंभ)

आज से दो साल पहले जब मैं शिप्रा को जानता तक नहीं था। उस समय शिप्रा और सुरेश मेरे ऑफिस में ही काम करते थे। सुरेश शिप्रा को बहुत अच्छे से जानता था। एक्सीडेंट के कुछ दिनों बाद सुरेश ने शिप्रा से मिलकर वो वाला वीडियो दिखाया, जिसमें आप और सुरेश मेरे एक्सीडेंट करने का प्लान बना रहे थे। शिप्रा ने वो वीडियो सुरेश से लेकर उस समय तो मुझे नहीं दिखाया। लेकिन जब मैं पूरी तरह से सही हो गया। तो कल शिप्रा ने मुझे वो वीडियो दिखाया। उस वीडियो

को देखकर मैं एकदम हैरान रह गया। तुझे बहुत गुस्सा आया। मुझे उस वीडियो पर बिलकुल भी भरोसा नहीं हो पा रहा था। मैंने तुरन्त आपको का◌ॅल की और आपको यहां पर आने के लिए
कहा। आपने मुझे अगले दिन शाम तक आने के लिए कह दिया। तभी मुझे ये ख्याल आया कि कहीं वो वीडियो नकली तो नहीं है। उसके बाद मैं इस वीडियो की असलियत जानने के लिए शहर से दूर एक कम्प्यूटर वाले के पास चला गया।

मैंने उस वीडियो के बारे में पूरी जानकारी के लिए उस कम्प्यूटर वाले से कहा।

लेकिन कम्प्यूटर वाले ने मुझसे कहा-" सर ये वीडियो तो एकदम असली है। और इस वीडियो में कितने लोग हैं ये अभी थोड़ी देर में पता चल जाएगा।"

तभी मैंने उस कम्प्यूटर वाले से कहा-" इस वीडियो में तो दो ही लोग दिखाई दे रहे हैं।, जो आपस में बात कर रहे हैं।"

तभी उस कम्प्यूटर वाले ने मुझे बताया- "आजकल एक नई टेक्नोलॉजी आई है, जिसमें किसी भी वीडियो को स्कैन करके उस वीडियो में छिपे सारे लोग दिखाई दे जाते हैं। इसी तरह इस वीडियो को स्कैन करने के बाद पता चल ही जायेगा कि वास्तव में इस वीडियो में कितने लोग हैं।"

तभी मैंने उस कम्प्यूटर वाले से उस वीडियो को जल्दी स्कैन करने के लिए कहा।

उस स्कैन हुए वीडियो को जब मैंने देखा तो मेरे पैरों के नीचे से जैसे जमीन ही खिसक गई।

उस वीडियो में कमरे में आप और सुरेश मेरे एक्सीडेंट का प्लान बना रहे थे, और उसी कमरे में सिया दीदी पर्दे के पीछे छिपी साफ-साफ दिखाईं दे रहीं थीं। मैं उस कम्प्यूटर वाले से पहले वाला वीडियो और स्कैन हुए वीडियो की कॉपी लेकर वहां से चला आया। मैंने इस वाले वीडियो के बारे में किसी को कुछ नहीं बताया। अब मैं आपसे सबकुछ सच-सच जानने के लिए आपका और भी बेसब्री से इंतज़ार करने लगा।"(फ्लैशबैक का अन्त)

सम्पर्क-" आज़ मुझे सबकुछ सच-सच पता चल चुका है। इसलिए अब मुझे इन

दोनों वीडियो को अपने पास रखने की कोई जरूरत नहीं है।"

तभी सम्पर्क उन वीडियो को अपने पास से डिलीट कर देता है। तभी थोड़ी देर बाद, वहां पर सिया शिप्रा के साथ आ जाती है।

सिया-" सम्पर्क तुम्हारी जरूरी बात हो गई। अगर नहीं हुई हों। तो मैं और शिप्रा फिर से चली जाती हैं।"

सम्पर्क-" नहीं सिया दीदी। अब आप कहीं मत जाइये। सिया दीदी, मैं शल्य जी से बिजनेस के बारे में कुछ बातें पूछ रहा था। और मैं शल्य जी से ये भीकह रहा था कि अब तो मैं पूरी तरह से सही हो गया हूं ,इसलिए अब आप सिया दीदी को अपने साथ लन्दन लेकर जाइये। वैसे भी सिया

दीदी आप मेरे लिए बहुत ज्यादा परेशान हो चुकी हैं। अब मैं आपको अपनी बजह से और परेशान नहीं करना चाहता हूं। इसलिए मैं शल्य जी से आपको वापस लन्दन ले जाने की कह रहा था।"

सिया-" ठीक है सम्पर्क। तो मैं कल शाम तक शल्य के साथ लन्दन के लिए निकल जाऊंगी। मेरे जाने के बाद तुम अपना ख्याल रखना।"

सम्पर्क-" सिया दीदी, अब तो मेरी फिक्र करने के लिए शिप्रा भी है।"

अगले दिन शाम को सिया शल्य के साथ लन्दन जाने के लिए निकल ही रही होती है। तभी सिया शिप्रा से कहती है-" शिप्रा, अभी तक जिस तरह तुमने हर मुसीबत में

सम्पर्क का साथ दिया है। उसी तरह तुम हमेशा सम्पर्क का साथ देती रहना।"

शिप्रा-" सिया बहन, आप बेफिक्र होकर जाइए। मैं सम्पर्क जी का साथ कभी भी नहीं छोडूंगी।"

सिया-" सम्पर्क तुम भी शिप्रा को कभी दुखी नहीं होने दोगे। और तुम हमेशा शिप्रा का ख्याल रखोगे।"

सम्पर्क-" सिया दीदी। अब से शिप्रा की जिम्मेदारी मेरी है। मैं शिप्रा को कभी भी दुखी नहीं होने दूंगा। मैं खुद से भी ज्यादा शिप्रा की परवाह करूंगा।"

सिया-" ठीक है सम्पर्क। अब मैं भी लन्दन के लिए बेफिक्र होकर निकल सकती हूं।"

तभी सिया और शल्य लन्दन के लिए निकल जाते हैं।

शिप्रा-" सम्पर्क जी, जब आपने शल्य जी से एक्सीडेंट के बारे में पूछा, तो फिर उन्होंने क्या कहा??"

सम्पर्क-" शिप्रा, मैंने जब वो वीडियो शल्य जी को दिखाया तो उन्होंने मुझे बताया कि ये वीडियो एकदम नकली है। उनकी सुरेश से भी कोई दुश्मनी थी इसी बजह से सुरेश इस वीडियो के जरिए मेरे और शल्य जी की बीच में बहुत बड़ा झगड़ा करवाना चाहता था, इसलिए सुरेश ने तुमसे मिलकर वो वीडियो तुम्हें दिखाया था।

शिप्रा-" सम्पर्क जी, मुझे तो लग ही रहा था कि शल्य जी ऐसा करने के बारे में कभी सोच भी नहीं सकते। सुरेश मुझसे झूठ बोल रहा है।"

तभी सम्पर्क शिप्रा से कहता है-" शिप्रा , मैं अब तुम पर इस पूरी दुनिया में आंखें बन्द करके भरोसा कर सकता हूं। और अब से मैं तुम्हें अपनी बजह से कभी परेशान नहीं होने दूंगा।"

शिप्रा-" सम्पर्क जी आज आप ये सब क्यों कह रहे हैं??"

सम्पर्क-" कुछ नहीं शिप्रा। आज़ मेरा तुमसे कहने का मन हुआ, तो मैंने कह दिया।"

अगले ही दिन वहां पर शिप्रा की मां भी घूमकर आ जाती है।

सम्पर्क ने शिप्रा से अपनी मां को अपने एक्सीडेंट के बारे में कुछ भी बताने से मना करने का इशारा कर दिया।

सम्पर्क-"मां आपने तो बहुत दिन लगा दिए।"

शिप्रा की मां-" हां, सम्पर्क बेटा दरअसल आने के बाद पहले मैं किशनगढ़ में अपने घर पर गई, तो वहां पर लोगों ने मुझे बताया कि तुम लोग अब श्रीकृष्णनगर में रहने लगे हो। उसके बाद यहां का पता लेकर तुम लोगों से मिलने पर आ गई। दो-तीन दिनों बाद मैं वापस अपने किशनगढ़ वाले घर में लौट जाऊंगी।"

सम्पर्क-" अच्छा किया मां जो आप यहां पर आ गईं।अब से आप यहीं पर हमारे साथ ही रहेंगी।"

शिप्रा की मां-" लेकिन सम्पर्क बेटा, लोग क्या कहेंगे??"

सम्पर्क-" लोगों को जो भी कहना हो, कहते रहें। लेकिन मां, अगर आप मुझे अपना बेटा समझती हो, तो आप बिना कुछ कहें यहां पर ही रुकेंगी।"

शिप्रा की मां-" ठीक है सम्पर्क बेटा।"

अब सम्पर्क शिप्रा के साथ खुशी-खुशी रहने लगता है।

..... समाप्त .....

निष्कर्ष-" हमें प्रत्येक महिला की इज्जत करनी चाहिए। अगर कोई महिला हमारे साथ गलत करती है। तो हमें सभी महिलाओं को बुरी महिलाऐं नहीं समझना चाहिए। कुछ रिश्ते हमेशा बड़ी से बड़ी परेशानी में भी हमारा साथ देते हैं। इसलिए हमें हमेशा ही इन रिश्तों पर पूरा भरोसा करना चाहिए और इन रिश्तों का सम्मान करना चाहिए।"

www.ingramcontent.com/pod-product-compliance
Ingram Content Group UK Ltd.
Pitfield, Milton Keynes, MK11 3LW, UK
UKHW021935190726
13853UKWH00004B/1463